Zoey and Sassafras
佐伊总是有办法
神奇种荚与沼泽地
The Pod and The Bog

Story By Asia Citro
Pictures By Marion Lindsay

[美]爱莎·西特洛—著 [美]玛丽安·林赛—绘

夏高娃—译

北京联合出版公司
Beijing United Publishing Co.,Ltd.

目录

序章		1
第一章	就寝时间到了	2
第二章	深夜来客	7
第三章	有关植物的一切	16
第四章	你从哪里来？	21
第五章	来做实验吧！	27
第六章	什么都没有？！	36
第七章	大事不好！	44
第八章	要加多少水呢？	51
第九章	又来啦？！	57

第十章	惊喜！	62
第十一章	最后两棵	71
第十二章	这是什么味儿？	78
第十三章	去露营吧！	88
第十四章	拍张照吧？	101

术语表　105

序章

最近几天，我和小猫萨萨总是焦急地盼着谷仓后门的门铃赶快响起来。我知道许多人都会因为门铃响起来而开心，因为这可能表示快递员送来了装着礼物的包裹，或者一个朋友来玩了。不过，还是我们家的门铃更令人兴奋，因为它是魔法门铃！每当门铃响起，就意味着有一只需要帮助的魔法动物出现在我家谷仓外面。我的妈妈从小到大一直在帮助这些动物。而现在我也开始帮助他们啦……

第一章

就寝时间到了

我把尺子插进花盆的泥土里,仔细测量着盆里种的豌豆苗:"哇!都长到20厘米高喽!"

我在科学笔记上写下日期,在旁边记下了今天的新高度。

萨萨用鼻尖碰了碰豌豆苗,喵喵叫了几声。

"就是说嘛!我也很吃惊呀。克拉拉上次问我,假如我们用水彩笔把豌豆藤的所有叶子都涂上颜色的话会怎样。我当时以为豌豆苗肯定不会再长高了,没准儿还会死掉呢。"我把

笔记拿给萨萨看,他伸过鼻子来闻了闻,"等她下次过来玩的时候,这个结果一定会让她吓一跳的,我都快等不及啦!"

妈妈把头探进我的房间:"佐伊,准备好上床听故事了吗?"

"好啦!"我从桌边跳了起来。

"睡衣换好了吗?"

"换好啦!"

"刷过牙了吗?"

"刷完啦!"

"量过豌豆苗的高度了吗?"

"量好啦!快看,它还在长呢。"我把写好的笔记拿给妈妈看。

妈妈接过笔记看了看:"写得真不错,你知道我接下来想问什么吧?"

我迫不及待地点了点头:"你要说的是'你还有什么问题想问吗?',我肚子里可是有一大堆问题呢!如果我把叶子的两面都涂上颜色的话,豌豆苗会怎么样呢?如果我每棵豌豆苗的叶子涂的颜色都不一样,是不是有些颜色长得快一些,有些就慢一点?还有,换成其他植物可以吗?只有豆类植物在叶子涂了颜色之后还能活吗?还是别的植物也可以呢?"

妈妈笑着拍了拍我的脑袋:"这些问题都很有意义,不过现在已经是上床睡觉的时候了，咱们明天再研究这些问题吧。我可以开始讲故事了吗？"

萨萨在我腿上蜷成一团，打起了呼噜，我咯咯笑着把科学笔记放到了一边。

妈妈舒舒服服地在我的床边坐下，翻开了一本故事书："上次讲到哪儿了？"

"咱们上回刚好讲到——"

萨萨突然从我怀里跳了起来,他一动不动地站着,竖着耳朵朝着窗外。

我抬头看看妈妈:"你听见了吗?那声音是不是……"

那个声音又响了一次,这次绝对不会听错了,果然是谷仓的门铃响啦!

第二章

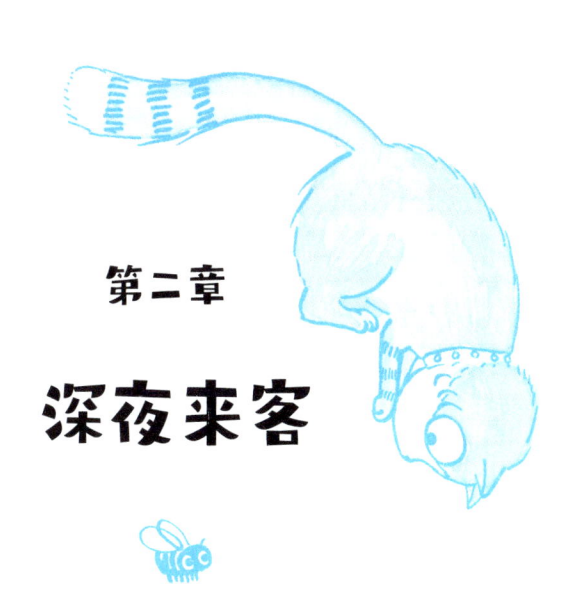

深夜来客

萨萨焦躁不安地在卧室房门边走来走去,我紧紧握着双手,用最甜美可爱的表情对妈妈微笑着:"我可以去看看吗?求——求——你了。"

妈妈看了看手表,轻轻叹了口气:"好吧,不过你得带只手电筒去,而且最好赶快回来。如果事情严重的话,就让我来处理吧。现在已经不早了,你得睡觉了。"

我从床上跳起来,一边跑出房门,一边扭

过头向妈妈喊着:"谢谢谢谢谢谢!我很快就会回来的!"

我从厨房抽屉里取出了手电筒,蹬上鞋子,和萨萨一起穿过后院跑向谷仓。我们跑得很急,我又一心想着不知会遇到什么新的魔法动物,所以激动得心怦怦乱跳。

"你觉得这次会是什么呢,萨萨?"我喘着粗气问。

萨萨突然停下脚步,高高地蹦了起来。他似乎抓住了什么东西,嚼了嚼吞了下去。

"萨萨!你是抓了只虫子吃吗?真恶心!"

"喵!"萨萨骄傲地答道。

我摇了摇头,打开了谷仓的大门:"千万别忘了,萨萨,你可不能把咱们的魔法动物朋友吃掉。哪怕他们长得再像虫子都不行,这样太不礼貌了。"

我们一溜小跑穿过谷仓,跑到后门。我深深地吸了一口气,拉开了谷仓的后门。真相马上就要揭晓啦！

原来是一块大大的闪着七彩光芒的……石头？它在离地面一点点的地方飘着。

"哇！！！"我蹲下来，伸出一根手指摸了摸。它摸起来有点像小水马送给我的石子，只不过这块石头有橄榄球那么大。那熟悉的七彩光芒只能说明一件事：不管这块石块到底是什么，它肯定是有魔法的东西。萨萨惊讶地愣在我身边，眼睛瞪得像小碗一样大。

"嗯，可以稍微搭把手吗？这个东西简直沉死啦！"一个细细小小的声音喊道，我一听就认出了那是谁的声音。

"皮皮！"我叫了起来，可能声音稍微大了一点，吓得皮皮跟跄着退了半步，好在我趁那块石头掉在地上之前把它接住了。皮皮是一只会说话的魔法青蛙，我们和魔法动物的友谊正是从他开始的。在妈妈像我这么大的时候，她偶然在森林里捡到了受伤的皮皮，把他带回家精心照顾，治好了他身上的伤。皮皮也是我最喜欢的魔法动物，他总是能逗得我哈哈大笑。

"嘘，小点声，佐伊！你可是把我吓了一跳！你知道，你们人类的嗓门儿太大了。"皮皮刚从地上爬起来，掸了掸身上的土，萨萨毛茸茸的大脑袋一下子撞到他，又把他撞翻在地上，这次我们一起大笑起来。

"我猜,你们俩都想我了吧,对不对?"

"没错!"我大笑着把皮皮扶了起来。又把那块闪着光的石头拿给他看,"这是什么呢?你是从哪里找来的?这块……呃,就说是七彩石吧,有什么不对劲的地方吗?"

"真是些好问题!我就知道你会有一大堆问题要问。不过,咱们还是从头开始慢慢说吧,首先,这当然不是石头了,这是某种魔法植物的种荚。"

我慢慢转着那块"石头"左看右看:"所以,这是魔法种荚吗?这可太酷啦!"

皮皮赞同地点点头:"我本来准备睡觉了,结果突然听见家门传来了'扑通'一声巨响。那我当然就要出门看看啦!我一出门,就看见这个东西掉在地上。我猜,可能是什么会飞的魔法动物摘了种荚打算当食物,结果又不小心把它掉到地上了。"

我来回摆弄着手里的种荚,萨萨也在一边

看着。"你看,萨萨,这种荚和咱们种的豌豆有点像。只不过它不是细细长长的,不但更圆一点,个子也要大得多。不知道里面的种子是不是也像豌豆一样。你觉得种子会是什么颜色的呢?哎哟,这东西根本就打不开嘛!"

"咱们应该打开它吗?我觉得可能不打开比较好。但是,我觉得不应该把它留在我自己家里。"皮皮说。

"啊,你说得没错。嗯,让我想想……既

然这是魔法植物上长出来的,咱们是不是应该先搞明白是哪一种植物?皮皮,你以前见过这样的种荚吗?"

"问题就出在这里,我从来没见过这样的东西。你觉得这会不会是什么非常稀有的植物?甚至是濒危物种?"

我惊讶地捂住了嘴巴:"万一世界上只剩下最后一棵这种植物该怎么办?咱们得把种荚送回原来的地方!送回去之前,我还得百分之

百保证它的安全才行。"

"听起来是个好主意,不过因为我从来没见过这种种荚,所以那棵植物可能也在很——"皮皮才说到一半,突然停下来伸了个懒腰,打了个大大的哈欠,"很远很远的地方。"

他说完又打了个哈欠。

萨萨也打了个哈欠。

背后的房子里传来了妈妈喊我的声音。

我揉了揉眼睛:"好啦,我觉得咱们都困了。这只种荚放在谷仓里肯定是安全的。咱们明天一早再见面做个计划怎么样?"

皮皮睡眼惺忪地点点头,我在椅子上用毯子围了个小窝,小心翼翼地把那只亮闪闪的种荚放了进去。

妈妈又在喊我了。

"晚安啦,皮皮!"我亲了亲皮皮的脑门儿,萨萨舔了舔他的脸颊。

"哎哟。"皮皮假装要擦掉我们亲上去的口水,不过脸上还是挂着笑容。

"那就明天见啦!"

第三章

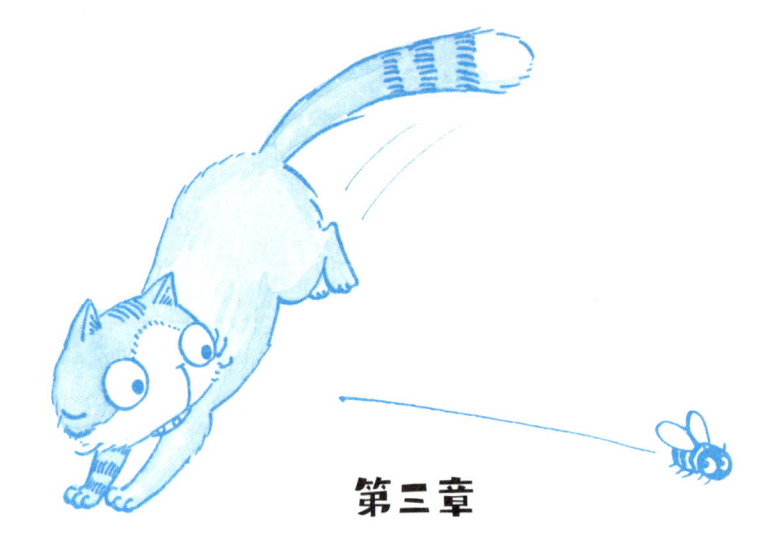

有关植物的一切

第二天早上,妈妈、萨萨和我把那只亮闪闪的种荚围在中间。种荚还像前一天晚上一样,不断变幻着美丽的色泽:先是红色缓缓地变成橘色,接下来又变成黄色,就这样把彩虹的七种颜色都变化一遍,再从红色开始新一轮的变化。

"我能盯着这个看一整天。"妈妈说。

"我也是！可是咱们得赶快想办法把它送回它原来生长的地方。不知道把它放在这里会不会发生不好的事，我不希望这只荚受到伤害。"

妈妈拍拍我的头："你说得一点都没错，真是个有责任心的好孩子！"她一边说，一边翻开她的科学笔记，"咱们看看这里写了什么……皮皮说得没错，魔法植物一般来说都非常稀有。我也听好几个魔法动物这么说过，我亲眼见过的魔法植物只有这一种。"

妈妈把笔记摊开，转过来给我看。

"这些紫色的毛茸茸的东西是……果子吗？"我伸出一根手指，摸了摸笔记上的照片，"哇，摸上去好软啊！"每张有魔法生物的照片上都会保留一点点它的魔法，所以虽然我摸到的只是照片，却还是能感觉到那种紫色植物果实毛茸茸的触感。

"是的，这就是植物的果实！不过这种植物的种子不是种荚，而是包在果实里面。所以这只种荚肯定是其他种属的植物。"

"那咱们怎样才能知道它是从哪里来的呢?"我问。

妈妈扬起一边的眉毛,等着我继续说下去。

"嗯……也许咱们可以去书里找一找?读一读关于普通植物的书,然后看看它们和魔法植物有没有相似的地方?"

妈妈挥挥手,让我接着往下说。

"然后呢,咱们可以……去地图上查一查?在地图上看一看这一带哪些地方适合植物

生长？"

妈妈笑了："你的想法非常好，不过很不巧，我还有很多事情要做。你和萨萨能搞定吗？需要的话随时可以去屋里找我帮忙……"

我拍了拍头上戴着的动脑筋护目镜，自信满满地点了点头："你去忙吧，我们能搞定的！"

第四章

你从哪里来？

我把一本看起来又大又严肃的书放在种荚旁边摊开:"好啦,萨萨,我要看看这本植物书里讲种子的内容,没准儿普通植物也有长成这样的种荚呢。这样咱们就能猜出来这只种荚可能长在什么地方了!"

萨萨没理我,只是绕着种荚闻个不停,又抬起爪子拍了起来,先是轻轻拍,接着又加大了一点力气。种荚滚到一边,撞到墙上又弹了回来，吓得萨萨尾巴上的毛奓了起来，他往后跳了半步，冲着种荚嘶嘶叫着。

我赶在种荚滚到地上之前接住了它，大笑着用一根指头点了点萨萨的鼻子："我看书的时候，你要不要到别的地方去待会儿？"

萨萨咕哝了两句，从桌子上蹦下去了。

趁着萨萨在谷仓角落里寻找蜘蛛网的时候，我仔细地读了那本植物书。我读了讲各种荚果的部分、讲果实里的种子的部分，甚至读了会飞和会飘的种子的部分，有一种叫柳絮的东西特别有意思，它就像猫咪一样毛茸茸的，但是没有一种植物像我们这颗七彩种子一样。

"哎呀，萨萨，书上没什么用得上的东西。现在该怎么办呢？"

萨萨轻轻地喵了一声，开始在谷仓里绕起圈来。我也跟他一起来回走着，一边走一边敲着头上的动脑筋护目镜。敲出来的声音很有意思，所以我索性开始敲出一小段节拍，并且跟着它哼起了小曲儿，这段小曲儿很快就变成一支歌谣：

种荚种荚闪闪亮，
七彩光芒真漂亮。

走到桌边的时候，我不由得停下了脚步：种荚上的缝是不是变大了一点点？可能是我有点眼花了吧。我耸了耸肩，接着唱了下去。

……种荚种荚真奇怪……

等等,那道缝隙绝对变大了一点!我连忙给那段歌谣编出更多歌词来唱:

不怕猫咪轻轻拍,
利爪也没把你挠坏。
我猜你家远在海外,
我多想把它找出来!

我刚唱完,种荚就突然分成了两半。我们小心翼翼地看了看,种荚里面有几十颗黑漆

漆、亮闪闪的种子，每一颗都和橡皮弹力球一样大，还是标准的圆球形。我伸手进去抓了一小把，正和萨萨盯着它仔细打量，就感到一只青蛙落在我的头上。

"哇！！佐伊！种荚居然打开了！"皮皮喊道。他跳到我的手腕上，伸出一只长着蹼的小手摸了摸我手里的种子，"你没关谷仓门，我就自己进来了。这是怎么回事？"

"我猜，种荚可能喜欢听我唱歌。我唱着唱着，它就自己打开了！"

妈妈刚好端着一盘三明治走进谷仓："我是不是听见我最喜欢的青蛙朋友的声音啦？"

皮皮跳到妈妈面前，把我们刚才的发现告诉了她。

"这就有意思了，"妈妈说，"这样一来，书本上可能找不到关于这种种荚生长在哪里的知识。你觉得咱们还能试试其他什么办法呢？"

我又敲了敲动脑筋护目镜："咱们是不是

可以……我是说,如果咱们用一些种子做实验的话,应该还是安全的吧?"

"啊哈,这个主意真好!"妈妈说,"如果是我的话,下一步也会这么做。而且幸好这里有很多种子。所以你打算做什么实验呢?"

我把想到的点子告诉了妈妈,就开始动手准备了。

第五章

来做实验吧!

我飞快地跑回谷仓里。萨萨正躺在桌子上睡觉,皮皮也蜷在他身上打着盹儿。我把科学笔记扔到桌上,虽然原本是想轻轻扔过去的,但本子落在桌上的声音还是很响。萨萨吓得跳了起来,把背上的皮皮甩了出去。

"哎呀!!!"皮皮尖叫着飞到了谷仓的另一头。

这可不太妙。

"真是对不起啦,二位!"

"至少现在我一点都不困了,"皮皮站起身来,"把你的成果跟我们说说吧。"

"我列了一张清单,上面写了我认为这一带所有那种植物可能生长的地方。妈妈也给了我一些建议。现在我们有好多事情要干,好多东西都要测试,比如石头、水、沙子和泥土——你看,这张单子这么长呢。"

皮皮看了一遍我写的清单,挠了挠头:"所以,这张单子怎么能告诉我们那只种荚是哪里来的?"

"如果我们能搞明白这些种子在什么环境下生长得最好的话,就有很好用的线索啦。比如这些种子在

石头地里长得好，我们就能大致推测出这只种荚要么是从山顶上来的，要么是从其他石头多的地方来的。"

皮皮点点头："好的，现在我明白了。所以我们首先要把这些东西都试一遍，试出结果来，就知道去哪里找种子的来历了！"

"就是这样！我想用最快的速度把这些种子送回原来的地方，我不知道它们放在这里会不会干枯，或者再发生什么其他奇怪的变化。所以咱们赶快行动起来吧！"我拿起科学笔记和笔，一边说着一边写了起来，"首先，咱们要写下用实验探究的问题。"

问题：
神秘种子可能在什么样的环境中生长呢？

"接下来写假设。这里咱们就得猜一猜了。皮皮，你觉得这些奇怪的种子可能长在什么地方呢？"

"嗯……"皮皮用手指轻轻点着自己的下巴，"我觉得这些种子有可能长在水里，因为它们看起来有点像小水马的石子，这样的石子一般都在水里。"

"啊，很有道理，皮皮！"我把他的推论写了下来，又把我自己的推论写在旁边。

推论（佐伊）：
我认为神秘种子可以在盆栽土里生长，因为我知道的绝大多数植物都能在盆栽土里生长。

"好啦,现在咱们该写需要什么实验材料了。"

"你刚才说需要沙子、水、石头,还有……其他的我想不起来了。"皮皮耸了耸肩。

"啊,还需要泥土,妈妈还告诉我可以试试沙子和苔藓混合起来的东西。所以咱们要用到……"

实验材料:

杯子、花园里的泥土、盆栽土、溪水、沙子、混合了苔藓的沙子、石头、神秘种子、标签、记号笔。

我用铅笔敲了敲嘴唇:"咱们总共有多少种子?"

皮皮小心翼翼地数了数:"总共有二十四颗!"

"好的,咱们总共打算试验六种不同的种植方法……所以每一组放四颗种子就好啦!"

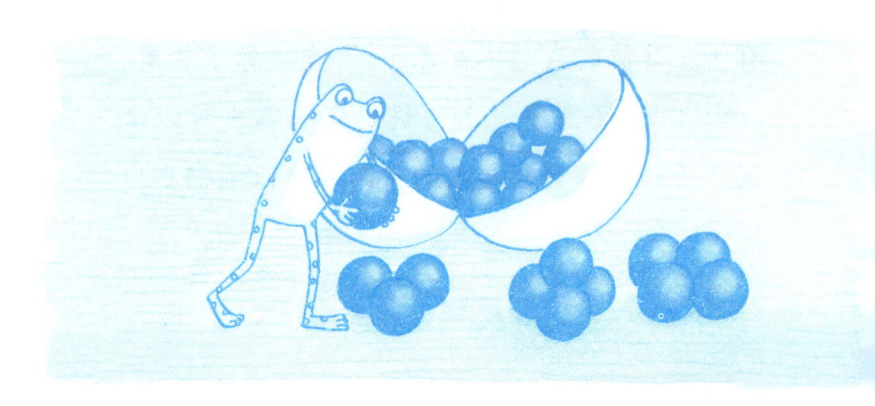

皮皮把种子分成六小堆,每一堆四颗种子。

"现在我回去拿花盆和标签,从温室里找点盆栽土,从门口的车道上捡些石子,再从小溪里打一些溪水……"

"要去哪里找沙子呢?"皮皮问,"还有苔藓?"

"妈妈说泥炭苔藓是最好的,不过我忘了问她去哪里找了……"

皮皮兴奋地跳了起来："我知道森林里哪儿可以找到那种苔藓！我还可以帮你打点溪水过来。"

"太好啦！现在咱们只需要找找哪里有沙子……"

萨萨跑到谷仓门口，扭过头来看着我们，烦躁不安地喵喵叫着。

"啊！你是想让我跟你走？"

萨萨带路来到我的沙箱前面。

"太聪明了！真是乖猫猫！"我挠了挠萨萨的下巴，他骄傲地打着呼噜，"在这里等我一会儿，我去拿个杯子！"

几分钟后，皮皮、萨萨和我在谷仓里集合了。皮皮喘着粗气，他面前放着一小堆苔藓，还有一点点溪水："接下来干什么呢？"

"现在咱们该写实验步骤了，做实验的时候，最重要的就是只改变其中一项条件，让其他条件——"

"保持不变!"皮皮插嘴道,"你妈妈总是这么说。"

我笑着点点头:"她就是这样!现在咱们需要改变的只有种子生长的环境,所以应该用完全一样的花盆,在每个花盆里放入数量相等的培养材料,种上数量相同的种子,再把这些花盆放在同样的地方。我相信所有植物都要有水才能生长,所以我还会给它们浇上一样多的水。"

实验过程

1. 取六个塑料花盆,给每个花盆贴好标签(院子里的土、盆栽土、溪水、沙子、混合了苔藓的沙子、石头)。
2. 在每个花盆里填上半盆标签上写的物质。
3. 在每个花盆里放四颗种子,让它们排成一个正方形。
4. 给每个花盆浇一勺水。
5. 每天检查种子的生长情况。

在皮皮和萨萨的帮助下，我们很快就把所有种子都种了下去。就在我们欣赏自己的杰作的时候，皮皮打了一个大大的哈欠。

"看来这里的活都干完了，是时候去打个盹儿啦！明天见喽。"

我和萨萨抱了抱他："明天见啦，皮皮！"

第六章

什么都没有?!

第二天早上，我和萨萨狼吞虎咽地吃完早餐，就迫不及待地跑到谷仓里去了。

"你觉得哪一盆会发芽呢，萨萨？"我一边问，一边挨个检查花盆。萨萨闻了闻他面前的几个花盆，脸上一副担心的表情。

"一个都没发芽吗，萨萨？"我又检查了一遍，那些种子看起来确实还和昨天一样。

这时候门铃响了，萨萨蹦了起来。

"应该是皮皮来了。"我们跑过去打开谷仓后门,果然是我们的青蛙朋友来了。

"长出来了吗?"皮皮满怀期待地问道。

"没有呢,一点变化都没有。"我耸了耸肩膀,"不过有时候我们种的豌豆和扁豆也要等上几天才会发芽呢。"

皮皮点了点自己的下巴:"嗯……这也有可能,不过,一般来说魔法植物都长得很快的,因为它们有魔法嘛。"

"真的吗?那就不太妙了。我要么做错了什么,要么就是少放了什么东西。不过,到底缺了什么呢?"

我开始在谷仓里走来走去,结果萨萨一头撞到我的腿上。

"喵呜。"

我低头一看,发现萨萨嘴里叼着我的动脑筋护目镜。

"啊,好主意!"我连忙接过护目镜戴在

头上，然后继续溜达起来，等着动脑筋护目镜开始发挥功效。我一边走着，一边用手指轻轻敲着大腿。

"对啦！昨天也是因为我唱了歌，种荚才打开的！"我喊道，"也许这些种子需要来点音乐才能生长？嗯……咱们就试一试吧。"

我哼出一段小调，开始唱了起来：

种子呀种子,你为什么不发芽?

种子呀种子,你怎么还不长大?

我一边唱着,一边跳起舞来,结果胳膊不小心撞上了书架。

哎哟!这一下磕得可真疼呀!

皮皮尖叫起来:"佐伊!快接着唱!种子开始有变化了!"

哦,我要是有把班卓琴该多好,
你为什么不愿出来说"你好"?
那一定能把我们吓一大跳!

唱完这几句,我们发现有几颗种子轻轻震动起来,亮晶晶的黑色外壳上开始有了裂缝,就像我那支小曲儿唱的一样,我们的确被吓了一大跳。

不过萨萨只会喊喵喵喵!

"多唱一点呀,佐伊!这真的有用!"皮皮喊道。

我努力想接着往下编歌词,却怎么也想不出来了,于是只好和皮皮一起把刚才的歌又唱了一遍。在我们的歌声中,刚才就开始震动的种子震得更厉害了。它们可能已经开始生根了吧?不过,不管具体是什么情况,它们的进展都非常非常慢。

"我不可能唱上一整天,皮皮。肯定还有别的办法……对啦!可以用收音机嘛!"

我连忙从柜子里翻出收音机,把它放到植物边上打开,又调到我最喜欢的音乐台。到了吃晚饭的时候,每颗种子都长出了几厘米长的

小芽。石头、普通泥土和盆栽土里面的种子长得最少，沙子、混合苔藓的沙子还有溪水里面的种子长得最多。我刚把测量结果写好，妈妈就喊我回去吃饭了。

数据：

材料	高度（厘米）
院子里的土	10.2厘米
盆栽土	10.2厘米
溪水	15.2厘米
沙子	12.7厘米
沙子与苔藓混合	15.2厘米
石头	7.6厘米

"我让收音机就这样整晚开着吧,你明天早上还会再过来吗,皮皮?"

皮皮点了点头,我们和他告别。我忍不住笑个不停,明天这些植物一定会长得很大!而且最棒的是,看起来它在哪里都能长,所以没准儿我们可以在家里也种上一些?那肯定棒极了。

关上门之前,我静静地唱了最后几句:

种子呀种子,晚安,

种子呀种子,明天见!

祝你越长越好看!

第七章

大事不好!

吃过早饭,我和萨萨就像往常一样,立刻兴奋地跑进了谷仓。

"我敢说它们一定长得很大了,萨萨!"我蹦蹦跳跳地跑到桌子旁边,结果突然停了下来。

"不好啦!"我惊叫起来。

那三个分别装着石头、盆栽土和普通泥土的花盆看起来空空的。我又走近了一点,发现原本放着种子的地方现在只有一小撮紫色的灰烬。看来这三个花盆里的植物都死掉了。

我难受极了,嘴唇也哆嗦起来:"咱们得赶快去找妈妈!"

萨萨和我用最快的速度跑回屋里,我提前擦掉了脸上的眼泪,这样爸爸就不会担心了。他看不见任何有魔法的东西,而我没办法跟他解释清楚魔法种荚的事。爸爸一定会被搞糊涂的。

我深深吸了几口气定了定神,然后直接跑进了妈妈的书房。

妈妈看了我一眼就张开双臂抱住了我:"怎么啦,宝贝?"

我的眼泪又流了下来。

"那些种子出问题了。昨天皮皮、萨萨和我发现音乐可以帮助它们生长,而且昨天晚上它们还长得挺好的……"

"是呀,你不是给我看过笔记吗,看起来非常顺利呀,它们现在不长了吗?"

"比不长了还要糟糕呢!三个花盆里的植物完全死掉了!现在只剩下一些紫色的灰烬啦!"

妈妈有点搞不明白,所以她和我们一起去了谷仓,准备亲眼看看植物的状况。

"这可真奇怪!看来这种魔法植物一定非常娇气。你做得已经很好了,毕竟我们也不可能知道它们会这样变成灰嘛。如果是我的话,我也会这样做实验的。"

我吸了吸鼻子,妈妈的话的确让我心里舒服了一点,但是现在我只剩下十二棵植物了。如果这种植物只剩下这最后十二棵的话,那我就必须非常小心。我可不想让这种既漂亮又稀有的魔法植物灭绝。

"咱们可以一起讨论接下来的计划，在处理剩下的这些植物的时候更谨慎一点。现在先把你从这个现象中学到的东西记下来吧。"妈妈把科学笔记递给我，一块儿递过来的还有一把尺子。

我小心翼翼地量了量幼苗的高度，然后把新内容记到数据表格里。

然后我又边说边写道：

数据：

材料	高度（厘米）	高度（厘米）
院子里的土	10.2厘米	——
盆栽土	10.2厘米	——
溪水	15.2厘米	20.3厘米
沙子	12.7厘米	17.8厘米
沙子与苔藓混合	15.2厘米	45.7厘米
石头	7.6厘米	

"写得很好,"妈妈说,"下一步你打算做什么呢?"

结论:
神秘种子在混合了苔藓的沙子里长得最好,在溪水和沙子里长得也还可以。但是它不能在石子、普通泥土和盆栽土里生长。
P.S:种子需要音乐和歌声才能生长。

"因为这些植物在混合苔藓的沙子里长得比较高,我觉得我们应该把放在溪水里和纯沙子里的种子移出来,放到装着混合苔藓的沙子的花盆里。然后咱们得想办法搞明白应该浇多

少水才合适。"

妈妈点点头:"你在笔记上已经写出一点关于怎么浇水的思路了……"

我敲了敲动脑筋护目镜:"至少我现在知道,最开始加的水量应该是没问题的,因为混合苔藓的沙子那一盆长得还挺好。"

"嗯哼,你是不是还忘了一件事?"妈妈说。

"嗯?"

皮皮站在只有溪水的花盆边上清了清嗓子。

"啊!我知道了!多谢啦,皮皮!浇很多水应该也是没问题的。因为这些泡在水里的种子还活着。"

皮皮和妈妈鼓起掌来,我得意地笑了笑。

妈妈捏了捏我的肩膀:"看来你已经准备好做下一项实验啦。"

第八章

要加多少水呢？

每只花盆里种四棵植物看起来有点挤，所以我非常小心地把它们取了出来，使每棵植物都有一个花盆，盆里装着半盆混合着苔藓的沙子——皮皮回家之前从森林里帮我又摘了不少泥炭苔过来。

我一边哼着收音机里的歌，一边坐下来打开科学笔记，在上面写下了一个新问题。

问题：

浇多少水才能让这种神秘植物长得最好呢？

写完之后，我思考了一小会儿。啊，有一个地方写得不太对，应该把"长得最好"划掉，如果妈妈在这里的话，她一定会问我："最好"指的是什么呢？是长得更高、更宽还是叶子更多？佐伊，你要写得精确一点！

于是我把笔记上的条目改成：

问题：

浇多少水才能让这种神秘植物长得更高呢？

现在我该做出推论了。这可有点难！我应该在皮皮回家之前问问他的意见。唉，算啦。

"好啦，萨萨，我们现在已经知道……呃……"我迅速往前翻了翻科学笔记，"……最适合的水量可能在一茶勺和半盆之间。"

萨萨懒洋洋地看了看我，然后低下头打起了呼噜。

好吧。我想，我还是安静地记我的科学笔记吧。

假设：

我认为五茶勺水会让神种植物长得最高。

我又仔细检查了一下桌上的各种材料——水、茶勺、十二个种着植物的花盆——全齐啦！

好了，该写实验过程了。我应该在每个花

盆里试着加多少水呢？明天早上起来的时候，我可不想看到更多紫色的灰烬了。

萨萨睡得很香，不停地打着呼噜，我轻手轻脚地给每个花盆贴上标签。

浇水的时候，我（用很小很小的声音）唱起了歌——反正这样也没什么坏处。

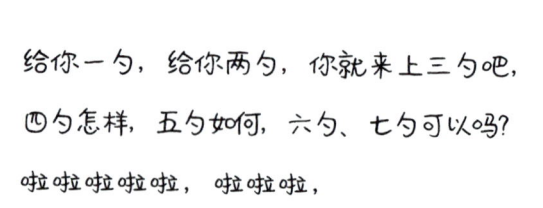

给你一勺，给你两勺，你就来上三勺吧，
四勺怎样，五勺如何，六勺、七勺可以吗？
啦啦啦啦啦，啦啦啦，
第十二勺浇完啦！

萨萨打着哈欠伸了个懒腰。他看了看贴好标签的花盆，还有已经合上的笔记，轻轻

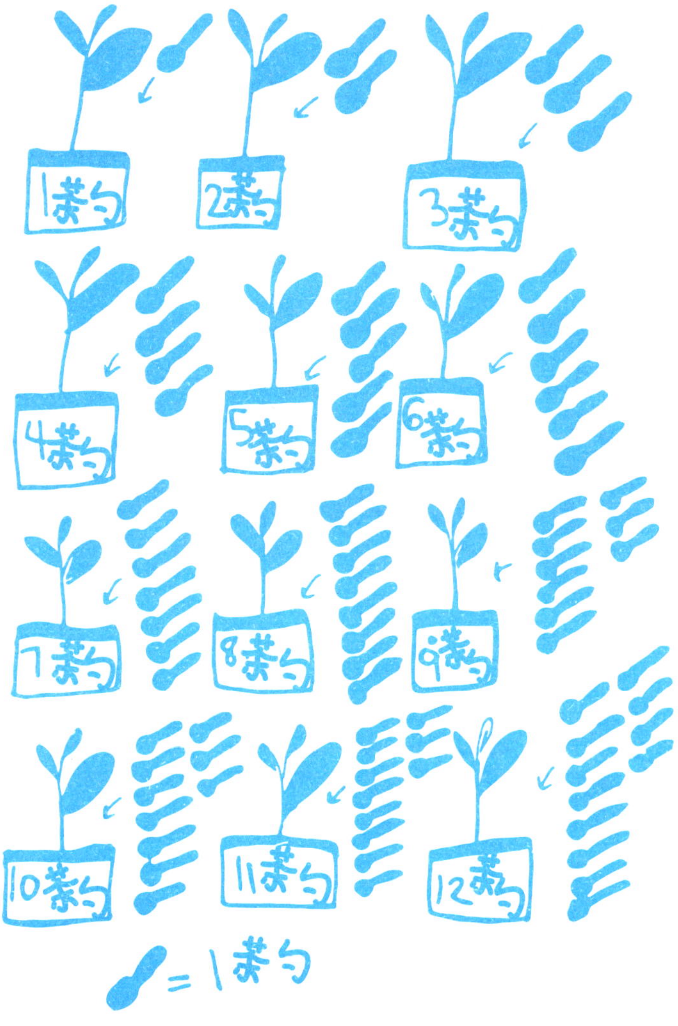
1茶匀
2茶匀
3茶匀
4茶匀
5茶匀
6茶匀
7茶匀
8茶匀
9茶匀
10茶匀
11茶匀
12茶匀
=1茶匀

跳了一下。

"你睡觉的时候我都干完啦！咱们的植物应该会没事的。至少我希望它们没事。咱们现在去把实验的情况跟妈妈说说吧，让她听听这样是不是行得通。"

关上谷仓门的时候，我十指交叉，暗暗祈求着好运。

"幼苗们，你们一定要好好的呀！"我轻声说。

第九章

又来啦?!

第二天早上起床的时候,我还满怀希望,可是一走进谷仓,我的肩膀就耷拉下去了:又有三棵幼苗变成了灰烬。

妈妈拍了拍我的后背:"宝贝,这不是你的错!这种植物本来就非常脆弱,所以实验也比较复杂。昨天晚上死掉的是哪三棵?"

"加了一茶勺、两茶勺和十二茶勺水的那三

盆。"我的心情沉重得像是吞下了一块大石头。

"可是你看,现在咱们更了解这些植物了,不是吗?"妈妈指了指依然长得很好的那几棵植物。

我深深地吸了口气,试图让自己平静下来。毕竟紧张帮不了这些植物。我用颤抖的手拿起尺子,开始测量幼苗的高度。

"好吧，看来浇了六茶勺水的这棵长得最高，这一定说明这个水量是最合适的。"我用手指戳戳花盆里的土，"真奇怪，这里的水已经很多了，软乎乎的，像烂泥一样。"

"这确实很不寻常。"妈妈似乎想要等我自己得出结论。

我也相信自己一定能想出来的。

"好吧，首先，我们知道这种植物喜欢沙子和苔藓的混合物。现在咱们又知道它喜欢潮湿的环境，潮湿的……对啦！沼泽地是潮湿的！这就是最开始的时候你跟我说过的那种环境，对吧？"

妈妈笑了："就是这个！你还记得吗，沼泽是一种湿地，生长在那里的植物更适应接近沙子和苔藓混合物的土壤，而且就算水有点多也没关系。我和你的想法一样，我也认为这种神秘植物可能是生长在沼泽里的。"

我透过谷仓的窗户看向外面的森林："我

记得你说过,这儿附近就有一片沼泽地?"

妈妈指了指远处:"我知道的那片沼泽地离这里只有几公里远,不过没有公路通到那里,想要过去的话,就得来一场又长又辛苦的徒步旅行。"

"我最喜欢远足了!"我让妈妈看我胳膊上的肌肉,"而且我身体可壮实啦,所以如果你要把这些植物送过去的话,能带我一起去吗?求你了,妈妈。"我真的非常期待把这些植物送回它们应该待的地方,因为我也有点担心,如果继续把它们养在花盆里,会有更多的幼苗变成灰烬。

妈妈笑了："你当然壮实啦。不过我今天要上班，所以咱们明天再去吧。"

"好呀！！！"我高兴得跳了起来。

"今天你就给这些植物再浇浇水，然后和萨萨一起准备明天要带的东西怎么样？比如帽子、零食、驱虫喷雾之类的东西？"

"没问题，就交给我们吧！"

第十章

惊喜!

我和萨萨刚刚装好两个背包——包里装满了各种好吃的零食——就听见魔法门铃响了。

"我想,应该是皮皮来了。他原本应该早上就过来的,不过这几天来来回回地去取溪水和泥炭苔一定让他累坏了。"

我和萨萨连忙跑进谷仓,打开了后门。门外站着的果然是笑容满面的皮皮。

"我错过什么精彩的事情了吗?"皮皮一边问,一边跳到我的头上。唉,皮皮又这样了。

我咽了咽口水,还是把坏消息告诉了皮皮:"我们又失去了三棵植物,不过我们现在知道,这种植物每天浇六茶勺水是最合适的,而且你看……"我又戳了戳花盆里湿乎乎的泥土,"我们几乎能确定它们是生长在沼泽地里的了!"

"哇哦!!!"皮皮惊叫道。

"我知道,这种潮湿的土壤是挺酷的,对吧?"

"不是,啊,不对,我是说那是挺酷的,不过……哇哦,快看这个!"

我不知道皮皮在激动什么,所以就把他从头顶上拿了下来。他指着植物的尖端让我们看。

"天哪!我们刚才怎么就没看见呢?萨萨,快看!"

我把萨萨抱了起来，皮皮重新跳到我的头上。我们围着花盆左看右看，原来是植株最顶上长出了亮闪闪的小花蕾。

"我简直等不及了，真想看看花开了以后是什么样子，一定会很漂亮！谁能想象得到呢！"

"怎么能让它们开花呢？"皮皮问。

"呃……你还真是问着了。我知道植物一般都是在春天或者夏天开花，因为那时候更温暖，阳光也更好。所以没准儿这些小家伙也需要晒晒太阳！"

"对哦！"皮皮用长着蹼的手轻轻摸了摸一个低垂着的花蕾，"如果咱们现在就把它们搬出去晒太阳的话，你觉得它们会立刻开花吗？"

"这主意真不错！没准儿咱们可以拿这些花给妈妈来个惊喜呢！她今天去上班了，不过晚些时候就会回来。"

我们把七个花盆一个接一个地摆放到谷仓外面晒得到太阳的地方。

"我要把这两盆放在树下。"我向上指了指,"你看,这里有很多蜜蜂,蜜蜂可以给花朵授粉。"

皮皮一头雾水地看着我。

"授粉?"

"是啊,花朵需要从别的花那里接受花粉,这样才能长出果子或者种荚。"

皮皮轻轻咳嗽了一声:"呃,你说授什么?"

我发现地上有一朵蒲公英,就把它摘了下来。"蜜蜂会在花朵上寻找食物。"我把蒲公英在手心里磕了磕,让皮皮看掉在我掌心的黄色花粉。"当蜜蜂

停在一朵花上时，一些花粉就会粘到它的腿上。等它从一朵花飞到另一朵花上的时候，就会把身上粘的花粉也带过去。"

皮皮好奇地戳了戳我手心里的花粉。

我在院子里看了一圈，刚好发现一朵已经变成白色绒球的蒲公英，就跑过去把它也摘了下来："蜜蜂留下的花粉会让花朵变成种子，比如这个！"我把蒲公英吹散，小小的白色种子像下雨一样落在皮皮身上，逗得他咯咯直笑。

"明白啦！所以咱们需要蜜蜂！有了蜜蜂，咱们的花就能结出更多的七彩种荚了。"皮皮说。

"对！这样这种植物就不会灭绝了！"我开心地说，和皮皮击掌庆贺。

我们趴在草地上，双手撑着脑袋看着它们。

我们边看边等。

边等边看。

可是什么事情都没发生。

"是不是应该再来点音乐?我没法把收音机搬到这里来,但是我可以把音量调得大一点。"

我跑回谷仓,把收音机的音量调大了一些,又跑到外面听了听效果。没问题,在外面也能听见音乐声。

于是我们看了又看,等了又等。

还是什么都没有发生。

皮皮打了个哈欠:"佐伊,这好像有点没意思了。今天天气这么好,咱们休息一会儿,去看看小水马们怎么样?好不好呀?"

我不想错过花朵绽放那一瞬间,不过看起来这些花也不会马上就

开。而且我好久没见过小水马了,何况还有皮皮在这里做翻译呢(皮皮不在的话,我实在是没办法对小水马说什么,因为我听不懂他们的话)。

正在这时,爸爸走进花园里:"宝贝,你拿着这些空花盆干什么呢?"

我忍不住笑了起来:"我在做一些植物方面的科学实验。对了,爸爸,我能到小溪边玩一会儿吗?晚饭之前就回来!"

爸爸盯着那些"空"花盆看了看,又拍拍我的脑袋:"没问题,去吧!"

我站起身来,飞快地抱了抱他:"谢谢爸爸!"

皮皮跳到我头上,萨萨跑在最前面,我们一起向着小溪的方向跑去。

第十一章

最后两棵

我笑嘻嘻地咯吱着水马宝宝的下巴。我一直以为世界上没有比水马更可爱的东西了,除了……水马宝宝!没错,他们才是全世界最可爱的东西。

萨萨站在一根倒在水边的原木上,紧张地看着水里的小家伙。他虽然也很喜欢水马,但是一点都不想把自己身上弄湿!突然,他的耳朵向后转了一下，接着整个脑袋都扭向了我家的方向。

我隐约听见是妈妈在喊我的名字。

"对不起啦，小水马，跟你们玩可真有意思，不过现在我得走了。我们很快就会再来看你们的！"

皮皮跳到我的头上，我抱起萨萨，和他们两个一起跨过小溪，往家里走。

"我简直等不及要给妈妈看看那些花了，你觉得它们开了吗？如果妈妈已经下班回家了，现在的时间就比我想象的还要晚了，咱们得快一点！"

我们一路跑回家里，不过一进花园，我就感觉有什么事不对劲。妈妈没有像以前一样微笑着迎接我，她看起来有些难过。

"妈妈！"我喘着粗气喊道，刚才跑得我有点上气不接下气，"怎么了？"

妈妈张了张嘴，没说出什么来，然后叹了口气。

"我实在是没办法轻松地把这件事告诉你，对不起，现在只剩下最后两棵植物了。"

我和皮皮都吓了一大跳。

"可是……怎么会呢？"我连忙看向大树边放那些植物的地方，可是那里什么都没有，

"等等,它们到哪儿去了?"

妈妈搂着我慢慢走进谷仓:"我一回到家就赶了过去,想要看看你为什么把它们挪到外面去了,结果发现七棵植物都变成了灰烬,只有被大树的影子盖住的那两棵没事。我就赶快把它们拿回谷仓里了。看来它们不能晒太多太阳,宝贝。"

我的眼泪不争气地流了下来:"我们就不应该到小溪边上去玩的!现在只剩下两棵了?"

妈妈温柔地擦掉了我的眼泪:"它们现在很好,而且长出了几个花蕾呢,真令人激动!咱们必须继续努力。"

"可是如果沼泽地不是它们生长的地方,那该怎么办?如果我又做错了什么,让最后这两棵植物也变成灰烬了怎么办?我不想让这些植物死掉!"我本来不想把最担心的事情说出来的,可是我实在忍不住了,我用力地吸了吸鼻子,大声地哭了出来,"如果我让这种植物灭绝了,那该怎么办?"

"哎,宝贝,虽然魔法植物非常稀少,不过我也不相信咱们手里的就是这个物种的最后两棵。咱们还是按照原计划行动,希望沼泽就是我们要找的地方吧!虽然今天我们失去了几棵植物,却学到了一些新东西,是不是?"

我伤心地点点头:"是呀,我们现在知道

不能把这种植物种到大太阳底下了。明天得找个有阴凉的地方。"

"你看起来似乎还是需要点鼓励。咱们晚饭就和爸爸一起在花园野餐怎么样？我回来的时候在店里买了你们最喜欢吃的东西，咱们可以来一顿大餐了！"

我吸了吸鼻子:"谢谢妈妈,皮皮可以跟咱们一起吃吗?"

皮皮哼了一声:"我可不觉得你们会有什么好吃的东西,人类的食物多恶心呀!而且我最好先回家休息,明天还有很远的路要走呢。"

我期待地把两只手握在了一起:"你明天和我们一起去远足吗?"

"我怎么可能不去呢?"皮皮说。他跟我们三个分别拥抱了一下,就转身往森林的方向走去。

"明天见啦!"他回头喊道,然后就一蹦一跳地走远了。

第十二章

这是什么味儿？

妈妈、爸爸、萨萨和我一起美美地吃了顿野餐。妈妈甚至给萨萨开了一罐金枪鱼罐头，他一边吃，一边开心地打着很响的咕噜。

温暖的晚风吹着我的头发。这是一个非常美丽的夜晚，晚餐也很好吃，让我感觉好多了。也许那的确不是这种植物最后的两棵吧。而且现在我知道了，明天要把这两棵植物种到沼泽里晒不到太阳的地方。也许那些花蕾授粉之后还能长出一大堆七彩种荚呢。我开始对明天的远足满怀期待，于是在心里暗暗希望明天一切顺利。

我深深吸了口气，想让自己的心情放松一点——等等！我又吸了吸鼻子，我好像闻到了什么很香的味道！

爸爸、妈妈和萨萨一定也闻到了香味，因为他们已经停止吃东西了，而是使劲地在空气

中嗅着。

"这么好闻的味道是从哪里来的?"爸爸问。

"我也不知道。"妈妈说,更加使劲地闻了闻。

"就像玫瑰花、丁香花和金银花一起盛开的香味!"我深深地吸了好几口气,"我能和萨萨一起去找找这味儿是哪里来的吗?"

爸爸和妈妈点头同意了。萨萨看看我,看看他的金枪鱼罐头,再看看我,又看看他的金枪鱼罐头……最后他叹了口气,吞了一大口金枪鱼,然后不情不愿地拖着步子走了过来。

我们绕着房子走了一圈,又在花园里到处转了转,却找不到那种香味的来源。

"萨萨,你说这是从哪里来的呢?"

萨萨咽下最后一口金枪鱼,坐在地上想了一秒钟。然后他先往这边闻闻,再往那边闻闻，又转了一圈又一圈。突然，他的眼睛亮了起来，活蹦乱跳地往谷仓跑去。

谷仓？对呀，谷仓！我连忙跟了上去。一把推开谷仓的大门，打开里面的灯。

"哇！！！"我惊叹道，萨萨也高兴地咕噜起来。因为出现在我们眼前的是好几朵最美丽的花。

"太漂亮了！"我小声念叨着，"得赶快去告诉妈妈！"

我们跑回野餐毯子边上，我忍不住大喊起来："你们得赶紧来看看，就在谷仓里面！！！"可是我说完才想起来，爸爸既看不到魔法动物，也看不见魔法植物，这可有点尴尬。

妈妈的眼睛瞪得大大的，不过她还是平静地说道："哦？这个味道是从谷仓里传来的吗？这可真奇怪。好啊，咱们过去看看吧。"

她冲我眨了眨眼，和爸爸一起跟着我们走

进谷仓。

"我的天哪!"妈妈一走进谷仓,就忍不住惊叹了一句,没办法,那些花真的太好看了!

爸爸困惑地到处看了看:"是啊,亲爱的,真的很奇怪。虽然味道这么香,可是这里居然只有这几个装着沙子和……苔藓的花盆?佐伊,你是准备种什么东西吗?"

我得努力忍着才能不笑出来。爸爸真可

怜！他只能看见装着土的花盆，要是他也能看到那些美丽的花该多好呀。不过，他至少还能闻见香味，这也算是个好的开始啦！

"是呀，爸爸，我是种了点东西。"

"那你继续努力吧，肯定会有收获的。"

妈妈实在憋不住笑，只好假装咳嗽了两声。看着爸爸在那几株巨大的开满花的植物面前这样说真的太好玩了！可怜的爸爸。

可是有一件事情有点奇怪，为什么这些花到了晚上才开呢？

"哦，妈妈？我突然有点好奇，有没有只在晚上开花的植物呢？还是其实大多数植物都是晚上才开花，只是我没发现而已？"

妈妈笑了笑："这可真是个好问题！有些植物只在白天开花，有些植物只在晚上开花，还有些植物白天和晚上都会开花。植物开花是为了吸引最合适的帮手给它们授粉，所以只要观察花朵的样子，就能推测出是什么动物给它授粉。比如有的花闻起来像腐烂的肉和垃圾，这说明给它授粉的可能是苍蝇。而有的花只在晚上开放，这代表着给它授粉的可能是夜行动物——就是那些只在晚上出来活动的动物。"

"是这样吗？我还以为只有蜜蜂才能给花朵授粉呢！"

这时候爸爸插嘴说："啊，这个问题我知

道。很多种不同的动物都能给植物授粉，小鸟和蝴蝶就是很好的授粉者。除此之外，还有猴子、蜥蜴、蝙蝠、甲虫、蚂蚁……甚至有你的'最爱'——蚊子呢！"

我打了个哆嗦："呃，蚊子也能授粉？！"

爸爸笑了起来："是呀，有几种濒危的兰

花只能依靠蚊子进行授粉。"

"这真是太奇怪啦!"

妈妈看了看爸爸:"嘿,亲爱的,明天我和佐伊不是要去远足吗?我们把远足改成去露营过夜怎么样?这样我们能够亲眼观察一下……嗯,夜行动物如何授粉。"

妈妈又对我眨了眨眼。我暗暗把手指交叉成一个十字,希望爸爸能够同意。有什么能够比远足更棒呢,当然是先远足再露营啦!

爸爸稍微想了想:"这个主意不错嘛!最近的天气一直很不错。我也很想跟你们一起去,不过我工作上有一个重要的项目要忙……"

"那你就一个人清清静静地在家待一晚怎么样?"妈妈说,"只有我们两个去也没问题。"

"只要你们不介意我不去就行。"

"完全不介意,爸爸!"

我和妈妈偷偷地击了击掌。

第十三章

去露营吧!

第二天一大早,我轻手轻脚地打开了谷仓的门,屏住呼吸。

"啊,谢天谢地,萨萨!植物一点事都没有!快看!这些花瓣已经闭上了。估计就像妈妈说的一样,这种植物是夜间授粉的。"

萨萨喵了一声表示同意。

"你觉得给它授粉的会是什么动物呢?魔

法蛾子之类的？我可喜欢蛾子了！"

萨萨也兴奋地叫个不停。

"呃，提前说一句，你可不能把授粉动物吃掉，萨萨。"

我又给每一盆植物都浇上六茶勺水，皮皮穿过敞开的谷仓门蹦了进来。

"大家准备好去远足了吗？"皮皮问，"对了，你妈妈呢？"

我把我们昨天晚上的发现讲给皮皮听，说到准备去沼泽那边露营的时候，我甚至有点手舞足蹈："你也会和我们一起露营的吧？会吧会吧？"

萨萨用脑袋轻轻撞了撞皮皮。

"好啦，好啦，你们两个，我会和你们一起去的。"

"妈妈说她下午一点钟回来。"

"那就一点钟见喽！"皮皮说，"我得回家去收拾行李。"

我和萨萨整个上午都待在家里，用豌豆藤做了不少实验。因为那些魔法植物的缘故，我这几天太兴奋了，差点把叶子涂色的实验忘得一干二净。

出发的时间终于到了，妈妈、萨萨和我来到谷仓，皮皮已经在那里等着了，背上背着一个青蛙用的小背包。

"我准备好啦！"皮皮说着，跳到了妈妈头上。

妈妈笑了："那我就负责背背包、搬一个花盆，外加顶着这只小青蛙吧。佐伊，你能搬着另一个花盆吗？萨萨，你能自己走着吧？"

我们就这样踏上了远足之旅。搬着一大盆植物远足很累，我努力不去抱怨什么，但是等到妈妈终于宣布我们到达目的地的时候，我还是忍不住念叨了几句。

我小心翼翼地把手里的植物放在树荫下，到处看了一看。沼泽地看起来确实很酷，不过我没有看到其他这样的植物。我用手指试着戳了戳阴凉地里的泥土："这种软乎乎的感觉应该没错，妈妈。咱们要把这些植物种在这里吗？还是让它们先在盆里多待一会儿，等咱们确定找对了地方再说？"

妈妈坐了下来，轻轻叹了口气："这些植物长得太大了，花盆里要装不下了。附近我只知道这一片沼泽，所以咱们还是试着把它们种在这里吧。"

在沼泽地那以沙子和烂泥为主的土壤里，我挖出一个湿乎乎的大坑，又闭上眼睛许了个愿，暗暗祈祷我们找到了合适的地方，做的也是正确的事情。然后我轻轻地把第一棵魔法植物从花盆里挪出来，把它插进那个大坑里，在根周围培好水汪汪的泥土。我刚把这棵植物种好，它就在眨眼间长高了好几厘米。

"你们看见了吗？！"皮皮喊道。

"我当然看到了！"妈妈说，"这可是个好兆头！希望咱们的运气接下来也这么好吧！"

我把第二棵植物也种了下去，它也飞快地长高了一点，不过接下来就再也没有变化了。

妈妈递给我一瓶水让我洗手，然后我们坐下来开始吃晚餐，虽然晚餐时间稍微早了一点，但是走了那么远的路，又忙着种下了两棵植物，我的肚子早就咕咕叫了。

萨萨的肚子也饿了，他轻轻地哼唧着，我拍了拍他的脑袋："别忘了，不论来给植物授粉的是蛾子还是什么别的动物，都不许把它们吃掉。"

萨萨喵的一声答应了，我给他开了一罐金枪鱼，他咕噜咕噜地吃了起来。而皮皮则一蹦一跳地到森林里找青蛙才喜欢的点心去了。

吃过饭，我们就坐在那里盯着植物看。太阳快要落山了。我希望，天黑下来以后，它们

的花能够再次绽放，那股美妙的香味也能把授粉的动物吸引过来。

"我知道，就这么干等着一定会很无聊，"妈妈说，"所以我给你带了点好东西。"她一边说，一边扔给我一大包棉花糖。

我一下子就精神了起来："饼干夹烤棉花糖？太棒啦！！！"

在我们烤棉花糖的时候，太阳终于一点一点落到山后去。

"你觉得咱们还能见到棉花糖宝宝吗？"我问。

"这个嘛，我想，棉花糖应该已经不是小宝宝了。而且龙更愿意和同类在一起，不怎么和人类打交道。你能遇到棉花糖已经很幸运了，他也是我见到的第一只龙宝宝呢。你想，我可是从小到大一直在谷仓里帮助魔法动物的。"

我叹了口气："是呀，你说得有道理。"

一直盯着植物看的皮皮说话了："这些花

是不是开始闪光了?"

妈妈点了点头:"我也发现了。"

"喵!喵喵!"萨萨的大叫突然打断了我们,妈妈、皮皮和我连忙看了过去,萨萨的耳朵拧着,好像听见了什么很有意思的东西。

而我也隐隐约约地听到了一点很弱的声音,好像是"啦啦啦啦"的歌声。我从来没有见过真正的小仙子,不过我想,如果真有小仙

子的话，他们的歌声应该就是这样吧。

"是小仙子吗？"我用低低的声音问道。

妈妈的眼睛一亮，从地上跳了起来。

"是蓬蓬仙！"皮皮开心地手舞足蹈。

我沿着他们视线的方向看了过去，原来是十几个毛茸茸的东西在空中飘浮，就像在空气里游泳一样。这些家伙看起来有点像我在水族馆看过的海蛞蝓或者海兔，不过他们身上是毛茸茸、亮闪闪的，而且他们还会唱歌呢！

几只蓬蓬仙正绕着妈妈转来转去，身上的绒毛优雅地在空中飘荡。一只蓬蓬仙落在她肩膀上，另一只则落在她的手上，他们亲昵地蹭着她的脸颊。

妈妈蹲了下来："啊，佐伊，这些蓬蓬仙是我的朋友，我很多年以前帮助过他们。"

我伸手摸了摸蓬蓬仙，他们真的好软啊！

"我想起来啦！我在你的科学笔记上看到过照片！"

这时蓬蓬仙们的歌声似乎越来越快乐，他们聚成一团，向着那些魔法植物飞了过去。

"看呀，妈妈！我想，就是他们给这些魔法植物授粉的！"

我们蹑手蹑脚地走了过去，小心翼翼地在一边看着。植物在蓬蓬仙的歌声中不断生长，上面的花蕾也一个接一个地绽放。果然是这样！蓬蓬仙的歌声能让这种植物长得更快，这可比我唱的歌或者收音机有效多了！蓬蓬仙们在每朵花上都会轻轻地停一停，听起来他们好像在吃花里面的什么东西，可能是在吃花朵根部那些甜丝丝的花蜜吧？随着蓬蓬仙在花朵上起起落落，可以看见他们的绒毛上沾了不少亮晶晶的东西。

皮皮骄傲地指着那边说："看呀，佐伊，是花粉！"

我和妈妈赞同地点了点头。

在每朵花上都落过一次之后,蓬蓬仙们绕着我们飞了最后一圈,很快就消失得无影无踪了——就像他们突然出现时一样快。

萨萨喵喵地叫了起来,妈妈、皮皮和我才转过身去。萨萨正盯着一朵花看,就在我们的眼皮底下，这朵花的花瓣一片片掉了下来，而花托的地方则越长越大，越长越大。

"这是什么？"我忍不住开始提问。

"嘘，你看一看就知道了。"妈妈微笑着说道。

那个花托长啊长啊，一边长大，一边开始发光。先是红光，然后是橙色，然后……

"妈妈！那是新的种荚！魔法植物得救了，我们成功啦！"

皮皮和萨萨跳进我怀里，妈妈一把抱住了我们三个。

"你们当然成功啦，宝贝！"

第十四章

拍张照吧?

第二天一早,林中小鸟们叽叽喳喳的叫声叫醒了我们。我屏住呼吸,慢慢地拉开了帐篷门的拉链,走了出去。

还好。那两棵植物还在,而且依然非常茂盛,甚至多长出了几个花蕾。每棵植物旁边的地上都掉了不少闪着光的种荚。

我长长地松了口气。

妈妈也从帐篷里钻了出来,我们依偎在一起,一边吃着热乎乎的麦片粥,一边欣赏着新生的种荚美丽的"彩虹灯光表演"。

"所以……咱们得把这些种子留在这里,对吧?我是说,它们留在这里是最好的安排?"

妈妈点点头:"我知道你舍不得它们,不过我们现在知道这种植物生长在什么地方了,以后还可以再来这里露营呀!没准儿还能带爸爸一起来。"

"没错,虽然爸爸看不见蓬蓬仙,也看不见这些漂亮的植物,不过他肯定也会喜欢这里的。"

"而且我还知道,有一件事可以让你和它们告别的时候轻松一些。"

我扬起了一边的眉毛。

"去我的背包里翻翻吧。"

我跑到背包边上翻了起来,在最底下摸到了……我的照相机!

"真是太棒啦！谢谢你，妈妈！"我蹲了下来，给地上的一颗七彩种荚拍了一张特写。

"我给你和种荚拍张合影怎么样，宝贝？"

"啊，那就更酷啦！"

皮皮哼了一声，萨萨慢条斯理地喵了一声。

"啊，抱歉，各位，当然也得把你们俩拍进去！"皮皮跳到我的头上，我挤到萨萨旁边。

"来，说'茄子！'。"妈妈说。

萨萨打着呼噜，我和皮皮咧开嘴露出笑容。

一到家，我就立刻跑回房间，把照片粘在科学笔记上。照片里的萨萨、我还有皮皮的样子都定格在那一瞬间，但是那颗魔法种荚在相纸上依然变幻着彩虹的七色光芒。

"太酷啦！！！"我惊叹道。

而这张七彩光芒闪耀的照片另一边，静静躺着一张雪白的空页，等待着我们与魔法生物的下一次相遇。

术语表

沼泽地：一片有很多泥巴和死水的地方，非常潮湿。

授粉：把花粉从一朵花传递到另一朵花上的过程。花朵必须经过授粉才能结果。

授粉者：将花粉从一朵花带到另一朵花上的东西。

种荚：一层用来保护植物种子的壳。不是所有植物的种子外面都有种荚。

种属：一组有着相似特征的动物或者植物。

发芽：种子开始生长的标志。

图书在版编目(CIP)数据

神奇种荚与沼泽地/(美)爱莎·西特洛著;(美)玛丽安·林赛绘;夏高娃译. — 北京:北京联合出版公司,2021.10

(佐伊总是有办法:给孩子的第一套科学实验故事书)

ISBN 978-7-5596-5134-1

Ⅰ.①神… Ⅱ.①爱…②玛…③夏… Ⅲ.①儿童故事-图画故事-美国-现代 Ⅳ.①I712.85

中国版本图书馆CIP数据核字(2021)第057874号

The Pod and The Bog
Text copyright 2018 by Asia Citro
Illustrations copyright 2018 by Marion Lindsay
This edition arranged with Kaplan/Defiore Rights
through Andrew Nurnberg Associates International Limited

神奇种荚与沼泽地

佐伊总是有办法:给孩子的第一套科学实验故事书

作 者:(美)爱莎·西特洛	绘 者:(美)玛丽安·林赛
译 者:夏高娃	出 品 人:赵红仕
产品经理:于海娣	版权支持:张 婧
责任编辑:徐 樟	特约编辑:丛龙艳
装帧设计:人马艺术设计·储平	内文制作:任尚洁

北京联合出版公司出版
(北京市西城区德外大街83号楼9层 100088)
北京联合天畅文化传播公司发行
天津中印联印务有限公司印刷 新华书店经销
字数 210千字 787毫米×1092毫米 1/32 19.75印张
2021年10月第1版 2021年10月第1次印刷
ISBN 978-7-5596-5134-1
定价:136.00元(全6册)

版权所有,侵权必究
未经许可,不得以任何方式复制或抄袭本书部分或全部内容
如发现图书质量问题,可联系换。质量投诉电话:010-88843286/64258472-800

"Those who don't believe in magic... will never find it." Roald Dahl